그리운 징검다리

이 도서의 국립중앙도서관 출판예정도서목록(CIP)은 서지정보유통
지원시스템 홈페이지(http://seoji.nl.go.kr)와 국가자료종합목록 구
축시스템(http://kolis−net.nl.go.kr)에서 이용하실 수 있습니다.
(CIP제어번호 : CIP2020007839)

백인자 시집

그리운 징검다리

인쇄| 2020년 3월 10일
발행| 2020년 3월 15일

글쓴이|백인자
펴낸이|장호병
펴낸곳|북랜드
  06252 서울 강남구 강남대로 320, 황화빌딩 1108호
  대표전화 (02) 732-4574 | (053) 252-9114
  팩시밀리 (02) 734-4574 | (053) 252-9334

등록일| 1999년 11월 11일
등록번호| 제13-615호
홈페이지| www.bookland.co.kr
이-메일| bookland@hanmail.net

책임편집| 김인옥
교   열| 배성숙 전은경

ⓒ 백인자, 2020, Printed in Korea
저자와의 협의하에 인지를 생략합니다.

ISBN 978-89-7787-920-1 03810
ISBN 978-89-7787-921-8 05810(e-book)

값 10,000 원

백인자 시집

그리운 징검다리

북랜드

시인의 말

시가 좋아 부끄러움을 무릅쓰고 김천문화학교의 문을 두드렸습니다. 내 인생의 마지막 교실에서 시를 공부한다는 것이 쉽지 않았지만 해를 거듭하며 다른 세상을 볼 수 있었습니다.

생활하면서 보고 듣고 느낀 것, 가족을 비롯한 이웃들의 낮은 목소리와 자연의 속삭임을 시로 받아 적었습니다. 그러나 시집을 발간하는 심정은 두렵기만 합니다. 어쭙잖은 시를 읽는 모든 이의 가슴에 봉숭아꽃물처럼 곱게 스며들었으면 좋겠습니다.

시의 길을 갈 수 있도록 이끌어준 지도시인과 같은 길을 걷는 텃밭문학회 회원여러분께 감사드리며 응원을 아끼지 않은 사랑하는 가족과 기쁨을 나누고 싶습니다.

이 시집을 읽는 모든 분들에게 건강과 행운이 함께 하기를 기원합니다.

2020년 2월

백 인 자

시로 세상을 향기롭게

　백인자 시인은 나이를 잊은 열정적인 사람이다. 수줍음을 많이 타서 '소녀'로 통할 정도의 고운 심성을 가졌지만 시를 배우고 쓰는 데는 젊은 사람 못지않다.

　김천문화원과 백수문학관에서 시를 공부한 지 4년 만인 71세 적지 않은 나이에 문단 데뷔의 꿈을 이루고 그로부터 5년만인 이번에 시집을 발간하는 것만 봐도 이를 알 수 있다.

　　　한자리에 모인 가족들
　　　반가움이 집안 가득하다

　　　아이들 떠나고
　　　정적이 감돌아
　　　작은 정거장 같던 거실이
　　　활기를 되찾아
　　　잔칫집 분위기다

　　　두 살배기 쌍둥이 외손주
　　　장난치는 것까지 사랑스러워

웃음꽃 피우는 봄 햇살이다

동화 속 왕자와 공주 같은
눈에 넣어도 아프지 않은
아이들의 재롱
소소한 행복 건네주는
징검다리이다

－「징검다리」전문

　2015년 《문학예술》 신인상 당선 때 백인자 시인
은 당선소감을 이렇게 썼다.

　"꿈 많은 여고시절, 교정 플라타너스 그늘에서 시
를 외우며 깔깔거리던 시절 시인은 동경의 대상이었
다. 그러나 세월이 지나면서 아름다운 꿈은 빛깔이
퇴색되어 먼 하늘을 바라보는 시간이 잦았다. 이런
때에 불쑥 찾아온 시는 내 인생의 마지막 짝꿍으로
든든한 버팀목이 되어주었음은 물론 꿈을 이루게 해
주었다. 늦은 나이지만 시인으로 살아갈 수 있는 힘
이 되어준 것이다. 그러나 시 속에 진솔한 마음이 담
기지 않으면 아무리 표현이 빼어나도 독자를 감동시
킬 수 없다고 배웠다. 겉꾸밈이 아니라 참된 마음이
깃든 시, 삶에서 우러나온 진정성 있는 진솔한 시로
세상을 향기롭게 하는 일에 보탬이 되고 싶다."

　시에 깊이 빠지면 그렇게 되는 걸까. 출석성적은

말할 것도 없고 수업에 임하는 자세도 모범적인 백인자 시인이다. 시의 길에 들어선 지 얼마 되지 않아 각종 공모전에 도전해 입상하는 등 실력을 인정받은 바 있는 백인자 시인은 지금도 당선소감을 쓸 때의 초심을 잃지 않고 시를 쓴다.

그의 시는 봄 햇살처럼 온온하여 산잔한 감동을 주기에 충분하다. 삶과 자연이 빚어내는 시적 진실을 형상화하는 솜씨가 뛰어나 누구나 편하게 읽을 수 있다는 것이다.

백인자 시인은 특히 꽃을 좋아한다. 시집에도 노루귀꽃, 봄맞이꽃, 벚꽃, 제비꽃, 찔레꽃, 접시꽃, 봉숭아꽃 등 흔히 볼 수 있는 꽃을 소재로 한 시가 20편에 가깝다. 이번 시집에 수록된 시가 96편인 점을 감안하면 그의 꽃에 대한 관심이 어느 정도인지 알 수 있다.

"진정성 있는 진솔한 시로 세상을 향기롭게 하는 일에 보탬이 되고 싶다"는 그의 다짐이 끝까지 변하지 않기를 바라며 첫 시집 『그리운 징검다리』 발간을 진심으로 축하드린다.

2020년 새봄
권숙월 | 시인 · 전 한국문인협회 이사

차례

■ 시인의 말
■ 축하의 글 | 권숙월

1

초록 밥상 … 16
행복지킴이 … 17
징검다리 … 18
손주들의 웃음소리 … 19
고마움을 전했다 … 20
성민이 … 21
맨발로 걸었다 … 22
봄 같은 마음 … 23
어버이날 … 24
봄 향기 … 25
엄마 생각 … 26
고양이 울음소리 … 27
정전 … 28
학이 된 편지 … 30
시와 함께 … 32
주눅 들지 마 … 33
아버지의 밥상 … 34
내릴 준비 … 35
봄밤 … 36

2

우리 동네 … 38

참선 도량 … 39

청라언덕 … 40

희양산 딱따구리 … 42

한 움큼의 사랑 … 43

안개 속에서 … 44

숲속의 그네 … 45

전원생활 … 46

텃밭문학회 … 48

풀꽃문학관 … 49

미당시문학관 … 50

빈 둥지 … 51

열차카페 … 52

시가 있는 오솔길 … 53

마지막 소풍 … 54

세월 … 55

마지막 인사 … 56

고향풍경 … 57

꽃샘추위 … 58

3

친구 정애 ⋯ 60

꽃처럼 웃었다 ⋯ 61

그 사람 ⋯ 62

선물 ⋯ 63

사진 한 장 ⋯ 64

행적비 ⋯ 66

위로의 말도 못하고 ⋯ 68

그림자 ⋯ 70

선배언니가 부럽다 ⋯ 72

젊은 연인처럼 ⋯ 73

국화꽃 향기 ⋯ 74

만 원의 행복 ⋯ 75

설봉농장 ⋯ 76

불일암 ⋯ 77

간월암 ⋯ 78

대왕바위 ⋯ 79

동백섬 ⋯ 80

가을 풍경 ⋯ 81

겨울 산행 ⋯ 82

4

해맞이 … 84

봄 … 85

봄비 … 86

투박한 수다 … 87

태풍 … 88

구름 … 89

바람은 … 90

목화 … 91

엉겅퀴 … 92

궁남지 국화축제 … 93

난함산의 하얀 집 … 94

골목풍경 … 95

누른 국수 … 96

국시꼬랑데이 … 97

고것쯤은 … 98

소녀의 기도 … 100

한려수도 … 102

가을비 … 103

가을이 온다 … 104

5

복수초 … 106
봄맞이꽃 … 107
민들레 … 108
제비꽃 … 109
목련 … 110
벚꽃 … 111
돌나물 꽃 … 112
찔레꽃 … 113
베고니아 꽃 … 114
접시꽃 … 115
봉숭아꽃 … 116
노루귀꽃 … 117
능소화 … 118
넝쿨장미 … 120
호접란 꽃 … 121
난초 … 122
석류 … 123
코스모스 꽃 … 124
꽃처럼 … 126
꽃반지 … 127

초록 밥상

봄 향기 나는
엄마의 깊은 손맛이 생각나
나들이 삼아 오겠다는
막내딸의 전화를 받았다

노점에서 달래 냉이 돌나물 쑥
봄을 담으니
검은 비닐봉지 배가 불렀다

무치고 데치고 국도 끓이고
봄을 식탁에 올렸다
"우와, 초록 밥상이다"
소리 지르는 민승이 준이 현이
젓가락이 바쁘다

밥상머리에서
맛있다고 엄지손가락 세워 보이는
외손자들 모습에 하루가 짧다

행복지킴이

품을 떠난 지가 엊그제 같은데
'외할머니' 이름표 달아주고
삼형제의 의젓한 엄마가 된 딸
살아가면서 속상하고
아픈 날도 있었으련만
강인한 모성애로 버티는 행복지킴이

어느덧 중년 여인으로 성큼 다가와서
어미의 어깨를 감싸주고
걱정하는 소리가 귓전에 맴돈다

한순간도 어미 놓지 못하고
퇴근길 붉은 신호등 앞에서 안부 전하려면
등 떠미는 푸른 신호등이
야속스럽다며 한숨짓는 소리 들린다

어미와 자식의 끈으로
하늘이 이어준 인연
사랑한다 딸아

징검다리

한자리에 모인 가족들
반가움이 집안 가득하다

아이들 떠나고
정적이 감돌아
작은 정거장 같던 거실이
활기를 되찾아
잔칫집 분위기다

두 살배기 쌍둥이 외손주
장난치는 것까지 사랑스럽다
웃음꽃 피우는 봄 햇살이다

동화 속 왕자와 공주 같은
눈에 넣어도 아프지 않은
아이들의 재롱
소소한 행복 건네주는
징검다리이다

손주들의 웃음소리

손주들이 오는 날은
아침부터 바쁘다

좋아하는 먹을 것 떠올리면서
정성 다해 만든다

"우와, 식당에 온 것 같아
 입술이 짝짝 달라붙어
 엄마는 왜 이 맛을 못 내요?"
제 엄마를 쳐다보는 준이와 현이
"할머니, 우리 집에 갈 때 싸줄 수 있어요?"
"그럼, 많이 싸줄게"

밥상에 둘러앉은
손주들의 웃음소리가
거실 가득하다
작은 정성으로 큰 기쁨 느끼게 한다

자식 키울 때 모른 기쁨을
손주 키우면서 느낀다는 말이 실감난다

고마움을 전했다

옆자리를 지켜주면서
어깨를 받쳐주는 남편
가뭄에 콩 나듯
한 번씩 놀라게 한다

마음과 달리 꽃으로 살지 못했는데
이번 결혼기념일에는
옷이나 한 벌 사 입으라며
봉투를 건네준다

잊지 않고 챙겨주는 정성이
감동으로 다가와
테이블 위에 촛불 켜놓고
안주를 만들어 놓았다

조촐하지만 음악을 들으면서
후리지아꽃 향기에 취해
남편의 사랑 담은 와인잔 부딪치며
고마움을 전했다

성민이

아들집에 들어서기 바쁘게
할아버지 할머니에게 넙죽 큰절하는
네 살 성민이 대견스럽다

"할아버지 할머니
  김천으로 가시면 저 성민이 속상해요
  여기서 살아요"
"이쁜 것, 그래 알았어"
아들 결혼해서
5년 만에 얻은 성민이와
밤이 이슥하도록 이야기를 나누었다

어린이집에 간다고 인사를 해서
현관 밖에 따라 나갔더니
"추운데 할머니 나와 계시면
  제가 못 가요 빨리 집으로 가세요"
생긋이 웃으며 서 있다

눈에 넣어도 아프지 않을 손주라더니
실감 나게 한다

맨발로 걸었다

걷기 좋은 계절이 왔다며
딸들이 부추긴다
걷다가 힘들면 쉬고
바람 쐬는 것만으로도 만족하련다

세월 품은 옛 모습 사라지고
그늘 따라 흙으로 다져진 문경새재
선비들의 발자취 이야기꽃 피우며
맨발로 걸었다

걷는 즐거움 나누면서
들떠있는 딸아이들
못다 한 말 들춰내며 웃음바다 이룬다

새들이 수다 떨고 있는 숲속에서
노을 그림 기다리는 세 모녀에게
나뭇잎이 박수 보낸다

봄 같은 마음

달콤하고 부드러운 맛의 열매
농약을 뿌리지 않는다 해서
사왔다는 며늘아기

"어머니, 맛도 있고 몸에도 좋아 인기가 높대요
 아버님과 간식으로 드세요"
"겨울에 무화과를 먹을 수 있게 해준 정성이 고맙다
 잘 먹을게"

며늘아기의
봄 같은 마음 느끼며
맛있게 먹는 즐거움에
남편과 마주 보며 웃음꽃을 피웠다

어버이날

어버이날 아침
휴대폰이 울렸다
여왕처럼 받들며 호강시켜준다고
우리 딸 업어간 큰사위

장모님 올해 어버이날은
카네이션 꽃바구니
열차편으로 배달시켰어요

설레는 마음 안고 역에 갔더니
놀란 딸 웃느라 입 다물지 못하고
포근한 엄마 가슴이 좋다며 안긴다

벌과 나비는
따라오지 않아도
은은한 향기에 가슴 뿌듯하다

봄 향기

노점상 푸성귀
무엇을 살까 둘러보는데
새댁, 불러서 돌아보니
손을 덥석 잡고 끌어들이며
나물 좀 떨이해 달란다

집에 환자가 있어 시간 맞추어 가야 한다고
걱정을 많이 해서
싱싱하지 않지만 담아 달라 했다
마지막 손님이라고 냉이는 그냥 주었다
검은 비닐봉지에
봄도 담고 인정도 담아주었다

돌나물 달래는 양념에 버무리고
쑥은 끓여 먹었다
식탁에 봄을 끌어들여
집안 가득 향기 퍼진다

엄마 생각

여름밤 싸한 모깃불 피워놓고
멍석에 둘러앉아 꽃물 들인다

봉숭아 꽃잎 찧어
엄마의 숨결 닿은 손톱에 올려놓고
아주까리 잎으로 꽁꽁 싸매면
곱게 물드는 여름밤

첫눈 내릴 때까지
봉숭아 물 남아 있으면
첫사랑 이루어진다는 말에
꽃물 지워질까 봐 가슴 조이곤 했는데

"요즘은 봉숭아 꽃잎 찧어 냉동실에 넣어두고
 사계절 언제고 물들일 수 있어요
 다음 생에서 만나면
 제가 엄마 손톱 곱게 물들여 드릴게요"

고양이 울음소리

이른 새벽
갓난아기 울음소리가
동네를 울렸다
누가 업둥이 갖다 놓았나
등골이 오싹했다

"당신이 나 몰래?"
"엄한 사람 잡지 마
 난 그런 일 없어 맹세코"
놀랍고 황당했다
신고하려고 현관문을 여는 순간
고양이가 총알처럼 달아났다

맙소사, 고양이 울음소리였다
동네 아줌마들은
순이 아빠가
아들 낳아 온 줄 알았다며
키득키득 웃었다

정전

잠시도 쉬지 않고
가마솥처럼 뜨겁게 달구던 날
정전이 되어서 혼란스러운 오후

엄지와 새끼손가락으로
손전화를 만든 세 살배기 민승이
안절부절못하면서
나름대로 신고하느라 바쁘다

"여보세요, 전기가 나가서
 선풍기와 에어컨이 꼼짝하지 않아
 집안은 찜질방 같고
 시원한 물이 먹고 싶어요
 전기를 빨리 보내주세요"

정전停電이어서 다행이지
배고프다고
먹을 것 달라고 울며 보채면

엄마의 가슴 얼마나 아플까

순간 티브이에서 본
아프리카 아이들
피골이 상접한 얼굴이 떠오른다

학이 된 편지

멀리 떨어져있는
친구나 연인 사이
마음과 마음을 이어주는 편지
전화 인터넷에 떠밀려
낯선 존재가 되었다

편지는 사라졌지만
얽힌 사연
한두 가지쯤은 갖고 있겠지

"할머니 I ♡ you"
초등학교 1학년 성민이가
전해준 사랑고백
뛰는 가슴 억제하느라
엷은 미소 띄워본다

성민이에게 사랑 전하려고
오랜만에 써보는 편지

썼다 지웠다 거듭하면서
접은 종이가
학이 되어 날아오른다

시와 함께

아직 너무 멀리 있는
그대 곁으로
한 땀 한 땀 어머니 바느질하듯이 다가간다

숨겨놓은 애인 같은
인생의 마지막 짝꿍
색다른 즐거움을 안겨주어
남의 눈 의식 않고 사랑에 빠져든다

가난한 가슴 마다않고 찾아와
짜릿한 설렘에 젖어들게 한다

생기를 되찾게 한
그대는 사랑의 묘약
늦은 나이에 만났지만
어둠 밀어내는 햇살이 되어준다

시, 그대와 함께하면
겨울에도 봄꽃이 피어
향기로운 이야기 조곤조곤 들려준다

주눅 들지 마

무슨 생각 하느라
내가 온 줄도 모르는가
무릎 위에서 구름이 말 걸어온다

늦은 나이라서
망설였지만
김천문화학교 시창작반에 들어가
수업받기를 잘했어

꿈은
젊은이만 가지는 것이 아니고
노년에도 펼칠 수 있는
기회가 얼마든지 있어

배우는 데 나이가 있나
주눅 들지 말고
활기 넘치는 노년을 보내라며
용기를 안겨주고 구름은 떠나간다

아버지의 밥상

겨울밤 아랫목
이불 아래 발을 들이밀면
유기밥그릇이 넘어지곤 했다

직장생활로 늦은
아버지의 밥상에 올리려고
제일 먼저 퍼서 묻어둔 밥그릇이다

윤기가 흐르고
김이 솔솔 올라오는
따뜻한 밥이 먹고 싶어
밥상머리에서 침을 삼켰다

아버지가 남긴 밥
동생과 나눠먹으면 꿀맛이다

누구도 넘보지 못한
아버지의 따뜻한 유기밥그릇이
이제 옛이야기가 되고 말았다

내릴 준비

세월이 오고 감을 거듭해도
젊음만 빼앗아가지 않으면 좋으련만

나이 이기는 장사 없다더니
전신에 경고등이 켜져 있어
약봉지와 고통이 동행한다

종착역이 몇 정거장 남았는지 모르겠지만
내릴 준비해야지

사진관을 찾아갔다
어디에 쓰려는가 물었다
장수사진이요
자아 찍습니다 웃으세요
당신은 죽을 때 웃을 수 있나?
속으로 말해주고 입꼬리를 올렸다

세상을 잡고 있던 끈이
놓아지는 듯한 아픔에 눈을 감아 버렸다

봄밤

벚꽃이 흐드러지게 피었다며
술잔에 꽃잎 띄워
한잔하자는 말에 따라나섰다

벚나무는 작은 바람에도
간드러진 춤으로
꽃잎을 포르르 날려 보내고
술상 앞의 달을 마주하니
이태백이 된 기분이다

술잔에 내려앉은 꽃잎들
부딪히는 잔 속에서
입맞춤하려
안달 나는 봄밤이다

우리 동네

가난한 삶의 흔적이
덕지덕지 묻어있는 동네
마을가꾸기로 바뀌었다

금방 무너질 듯한 담장
슬레이트 지붕 이마 맞대고 있는
고만고만한 집들이
다닥다닥 붙어 있었는데
가파른 좁은 골목 사라져
동네풍경이 훤하다

담벼락은 그림 옷 입어
전시장이 되었다
골목길에서 마주친 그림
동심의 나래가 펼쳐진다

달동네 같은 풍경
기억 저편에서 가물거리는
우리 동네

참선 도량

깊은 산중
비구니 스님들의 참선 도량
주변 경관이 수려하다

속세와의 인연 끊고
바위처럼 앉아
용맹 정진하는 데 방해될까 봐
향기도 조심스럽다고 꽃들이 옴츠린다

자연과 하나가 되어
무념무상이 된 비구니 스님
갓 피어난 연꽃처럼
해맑은 모습으로 미소 짓는다

가지런한 돌담 위에 우두커니 앉아
낭랑한 독경소리에 황홀해하는 산비둘기
까무룩한 하늘에
안개구름의 조화로움이
참선 도량 운치를 더한다

청라언덕

청라언덕에 가보았다
박태준 작곡가 소년 시절
남몰래 사랑한 백합 같은 여학생
못 잊어 만든 '동무생각'
노래비 담쟁이넝쿨에 안겨있다

대책 없는 짝사랑
수많은 이의 가슴 설레게 하고
남학생의 순수한 마음
눈치 채지 못한 여학생
훌륭한 작곡가 만들었다

푸른 잔디와
아름드리나무가 어우러진 숲속에
매미가 애절하게 운다

뭉게구름 가던 길 멈추고
청라언덕에 낭만 즐기는

연인들 부러워 수줍게 웃는다

소녀 시절 마음 사로잡았던
잊지 못할 노래
이은상 작사 박태준 작곡 '동무생각'
"백합 필 적에 너를 위해 노래 부른다"

희양산 딱따구리

날짐승 길짐승 자유로이 드나들게 두고
사람은 출입금지인 백두대간 희양산
자연과 하나 되게
벽을 허문 월봉 스님 기도처 가슴 먹먹하다

무인도 같은 희양산 우거진 숲속
단단한 기운이 느껴지는
집채만 한 바위 지붕 삼아 만든 토굴
사람 거처하는 곳이라 믿어지지 않는다

산토끼 다람쥐 너구리 멧돼지의
벗이 되어주며 살아온
아흔 넘어선 스님 건강이 걱정인 벌들
토굴을 잠시도 비울 수 없다고 잉잉 운다

희양산 숲속 월봉토굴에서 새어나오는
스님의 독경소리에
딱따구리 한 마리 목탁을 치고 있다

한 움큼의 사랑

김천불교사암연합회
무료급식 공양방
좁은 공간이지만
내 가족이라는 마음으로
정성 다해 음식 만든다

수많은 노인들 배고픔 달래주려고
아침 일찍부터
분주하게 움직이는 자원봉사자들
거동 불편한 노인들에게
도시락 배달 준비하는
손놀림 더욱 바쁘다

영하를 넘나드는
추위도 아랑곳하지 않고 찾아와
배고픔 달래고
넉넉한 웃음 띤 얼굴 볼 때
한 움큼의 사랑이라도
더 나누어 주고 싶다

안개 속에서

한 가지 소원을 이루어준다는
팔공산 갓바위
입시철도 아닌데
들어설 틈 없이 북적인다

밤새도록 이어지는 염불소리
갓바위를 둘러싼
나무와 바위를 덮어준다

휘감은 안개 속에서
새벽 예불하는 스님의 독경소리
팔공산 주변으로 울려 퍼지고
간절하게 소원을 담아 올리는 보살들
지극정성 다한다

가파르고 험한 산길
별빛 따라 올라가
밤새워 기도하고
새벽예불 마친 산속의 아침
상쾌하고 가슴 뿌듯하다

숲속의 그네

삼바산 벚나무 숲에서
풀냄새와 손을 잡고
산책하는 발걸음 멈추게 하는 그네
나이를 잊게 한다

세상을 향해 한을 풀어내는
매미의 울음 다 받아주는 산
벚나무 그늘에서
그네 타기 쑥스러워하던 남편
옆에 앉아 흔들어주면서 흐뭇해한다

신선한 공기 마시고
산림욕 즐기면서
피서의 즐거움도 더해 준다
자연의 숨소리 듣게 해준다

전원생활

자연도 즐기고
취미생활도 하면서
과일나무와 텃밭 가꾸며
전원생활을 하는 정애

공기 맑은 곳에서
건강도 챙기고
부부가 서로 의지하며
오순도순 살아간다

꽃향기 전해주는 온실의
아름다움을 뽐내는
화초들을 자식처럼 보살피면서
즐거움을 나눈다

몸과 마음이 쉬고 싶은 날에는
노래를 들으면서
여유를 즐긴다

계절별로 바뀌는 농작물
유기농으로 가꾸어
자식들 주는 재미 쏠쏠하다

손에 잡힐 듯 다가오는
봄을 맞이하려고
정원을 손질한다

텃밭문학회

치마 끝이
소리가 나도록 일하고
시를 따라 텃밭에 갔다

두려움을 삼키며
문을 톡톡
온몸은 주눅으로 푹 젖었다

섬세함으로
시가 나올 수 있도록
다독이는 선생님의 가르침
다정한 문우들과의 만남

가슴속에 숨어있는 꿈이
꿈틀거리는 느낌도
소소한 즐거움과 기쁨이 있는
텃밭은 행복이 머무는 곳

풀꽃문학관

나태주 시인의
작품 이름을 딴 풀꽃문학관
글벗들과 함께 갔다

조화가 잘 이루어진
아담한 공간에는
시인의 문학여정이 담겨있고
지역문인들의 사랑방 역할도 해준다

소품을 예쁘게 진열해놓은
잔잔한 감동 주는 문학관에는
시인의 섬세함이 묻어있다

교육자로 살아온 시인
교통수단의 전부인 자전거가
문학관 앞에 없는 날은 외출 중이다

미당시문학관

오랜 세월 많은 이의 가슴에
국화꽃 피운 미당 시인의
한 생이 오롯이 진열되어 있다

생가 마당 한켠에 있는
조형물 속의 '다섯 살 때'라는 시
눈물겹게 읽힌다
오래도록 가슴 짠하게 하던
아이가 자라서 큰 시인이 되었다

고향의 너른 들판
선운사 동백꽃이 시인의 마음 물들여
시심을 샘물처럼 솟게 했을까

흔적으로 남은 국화
생가를 지키며
고향마을에서 사랑 받는다

빈 둥지

봄이 왔다는 소문 파다한데
겨울은 봄 속에 머물고 있다

겨울 찌꺼기 씻어내는
도랑물 소리
새들의 지저귐 정겹다

직지사 품은 황악산은
하얀 이불 덮은 채 늑장 부린다

숲속 옷 벗은 나무에는
성글게 지은 빈 둥지
땅거미 들 무렵
커다란 날개에 노래 싣고 찾아와
가슴 울림 준다

열차카페

스물의 가슴 두근거리게 하던
직지사역이 카페로 바뀌었나

이색적인 분위기에
지나가는 열차 소리 들으며
옛이야기 나눈다

웃음을 커피잔에 담으면서
새로운 이야깃거리 만드는 청춘들

직지사역이 열차카페로
바뀔 줄 짐작이나 했으랴

깊은 사연 묻혀있는 옛길을
코스모스 따라 걸어본다

시가 있는 오솔길

흙냄새도 좋은 자산공원
발아래 시내 풍경과
머리 위 구름 같은 벚꽃
운동기구와 작은 쉼터가 있는 공원이다

자연의 향기 맴도는 공원
군데군데 설치해놓은
김천 시인들의 시가 있는 오솔길에서
어렵지 않은 시를 음미한다

꽃을 품고 봄날 보내는 여인
권숙월 시인의 '채송화'
시심에 젖게 한다며
가던 걸음 멈추고 가슴에 담는다

자운정 처마 끝에
구름처럼 서성이는 꽃물결이
봄의 정취에 빠져들게 한다

마지막 소풍

풍경에 반해
달도 쉬어간다는
월류봉으로 소풍을 갔다

산허리 품은 안개구름
설렘으로 피어오르고
얼굴 내밀어 반겨주는 바위틈 진달래

보물찾기 하느라
돌 틈과 숲속 헤집고 다녀
긁힌 상처 줄이 그어졌고
옷에는 풀씨가 다닥다닥하다

교복치마 걷어 올려
올뱅이 주우려고 기웃대는 친구
먹이 구하는 왜가리 같다

월류정과 강이 어우러진
봉우리에 달이 떠오르면
한 폭 동양화로 그려질
월류봉 뒤로하고 발길을 돌렸다

세월

묵은해 보내고
눈꽃으로 맞이하는 새해
기다리지 않아도 찾아와
나이 한 살 얹어준다

떨어지는 낙엽 보고 웃던 소녀가
황혼을 기웃거린다

가려면 곱게 가지
넉살 좋은 할머니 만들어
늙어가는 서글픔 안겨준다

달력 한 장
담쟁이넝쿨에 붙은 마지막 잎새 보는
소녀의 심정 같다

마지막 인사

엄지손가락
치켜세울 수 있는 선생님

깊이 파인 주름에
의식이 혼미해져
고통으로 일그러졌다

살며시 눈을 떠 손잡으며
얼굴에 구멍이 날 정도로
쳐다보더니 눈물이 번진다

사랑하는 가족을 두고
떠나려는 마음
얼마나 힘드실까

보내는 마음도 이렇게 아픈데
긴 이별 앞에서
짧은 인사 눈물겹다

고향풍경

뒷산 어린 소나무 두고
어쩔 수 없이 떠나온 고향
타향살이 오십여 년 만에
흰머리 날리며 찾아갔다

빠르게 변하는 세상
고향 풍경 바꿔놓았다
뒷산허리에는 자동차 달리고
들판에는 굴뚝 높은 공장이 들어섰다
황톳길은 아스팔트로 바뀌고
빌딩숲 들어섰다

꿈에도 잊을 수 없는 고향은
옛 정취를 잃어 낯설기만 하다

소나무 누런 새치에도
묵묵히 고향 지키고 있어
고개 들 수 없었다

꽃샘추위

봄의 품안에서
추위가 매섭게 달려들어도
아무 일 없다는 표정이다

입 굳게 다물고
두려움에 떨고 있는
꽃봉오리의 애처로운 모습

추위 속에서도 꽃망울 내밀고
눈치 빠른 꽃은 가슴 열어
잃었던 향기 전해 준다

안부가 궁금해서 찾아와
꽃봉오리 가슴 열어주고
아픔 달래주는 햇살

목련꽃 가슴 할퀴고
도망가는 꽃샘추위
구름이 따라가서 잡는다

3

친구 정애

자식 보듬는 즐거움으로 살아가는 엄마처럼
이웃들 챙겨주는 재미 쏠쏠하다

농장온실에 꽃이 가득하다며
남편과 함께 한 아름 안고 왔다
집안은 온실 같고
향기가 가슴 따뜻하게 적셔준다

앵두 닮은 보리똥 익으면
천식에 좋다고 보내주고
포도 익으면 와인 만들어 보내준다
들깨송이 찹쌀 옷 입혀
햇살과 바람의 맛 보라며 보내준다

입맛 깨워주는 잔치국수 만들어준다고
오라 해서 갔더니
푸짐한 인정 가득 담아 내놓는다
아낌없이 퍼주고 퍼주어도 모자라는
친정엄마 같은 정애

꽃처럼 웃었다

친구 수자
자기 아들이 의사로 있는
김천의료원에서 어깨수술을 했다

503호실 입원실로
친구들과 병문안을 갔다

수술은 잘되었고
왼쪽 어깨여서 다행이다

팔을 둘러매고
억지로라도 쉬면서
남편과 마주 보고
이야기꽃 피울 수 있어 좋다며
꽃처럼 웃었다

소소한 일상에서 벗어나
부부가 여행 온 것처럼
편하게 쉬면서
빨리 회복되기를 기도했다

그 사람

음악과 무용이
인연 되어 만났지만
다른 길 가야 하는 아픔을 안았다

세상물정 모르는 사람
결혼해서 함께 유학을 가자며
죽자 사자 매달렸지만
가난한 집안의 무남독녀
홀어머니 두고 따라갈 수 없었다

뼈 빠지게 돈 벌어 뒷바라지하다 보면
가정은 엉망진창이 될 것이고
쪽박으로 강물 퍼마실까 두려웠다

들끓는 젊은 야망
영원한 이별 앞에 고개 숙이지 못하고
사무친 그리움 안겨준 야속한 사람
가슴에 웅크리고 있어
여든이 코앞인 지금도 생각난다

선물

큰일 당한 이웃에
도움 조금 주었더니
선물을 보내왔다

아이스박스 뚜껑을 열자
힘겨운 시간 보낸 전복들
한데 엉겨 검은 입술 씰룩거리며
바다 냄새를 던져준다

남다른 인연이 있는지
우리 집까지 찾아와
고통스러운 숨결과 목말라하는 그들에게
바닷물이고 싶다

겉모습과 삶은 다르지만
서글픈 마음에 아려 오는 풍경이다

사진 한 장

풋각시에게
집안의 무거운 짐 안겨놓고
전쟁터에 간 남편
눈이 시리도록 기다려도 돌아오지 않더니
우체부 통해 군번만 안겨 주었다

벼락처럼 찾아든 운명은
삶의 끈을 놓고 싶었다

아들 잡아먹은 며느리라며
서릿발 같은 시집살이 말 한 마디 못 하고
죽은 척 참고 살았다

보고 싶은 마음 감당하기 힘들어도
억누르며 살아온 날들

자식 하나 남기지 않았지만
집안 일으키겠다는 일념으로

지독한 가난과 씨름하며 정신없이 살았다

진하게 밀려오는
그리움 고일 틈 없었지만
버팀목이 되어 준 빛바랜 사진 한 장
평생 남편처럼 의지하고 살았다

행적비

돌 지난 아들 하나 남겨놓고
국립묘지 간 아버지 못 잊어
행여나 하는 마음으로
육십 년을 기다린 어머니
한 많은 세월 끌어안고 살았다

보고 싶은 마음 참고 견디느라
숨 막히는 날들이었지만
보릿고개 넘던 때 허기진 한숨 쉬느라
아버지 향한 애달픈 그리움 고일 틈 없었다

질경이씨 기름에 불을 켜면
보고 싶은 얼굴 보인다 했지만
나타나지 않았다

아버지 옷 속에 묻어둔
얼룩진 흑백사진 한 장으로
기막힌 삶을 살아온 어머니의 눈물

비가 되어 강물로 흘러든다

그토록 그리워하던 아버지 찾아가던 날
문중에서 행적비行蹟碑 세웠다

위로의 말도 못하고

사십대 후반의 삼남매 엄마
남편 사십구재 지내려고
영정사진 안고 왔다

운명은 빚쟁이처럼 찾아와
한쪽 날개 떨어지게 했다며
말도 제대로 못하고 길게 울었다

한 해만 고생하면
넓은 아파트로 이사 간다고
통장 보면서 좋아하더니
이른 새벽 급하게
저세상으로 간 야속한 사람

가족이 전부인 줄 알고
억척스러운 삶 사느라
자기 삶은 살아 보지도 못하고
껍데기 인생만 살다 갔다

사랑하는 사람 멀리 보내고
슬픔에 젖어 있는 친구에게
위로의 말도 못하고
손잡고 이야기를 들어 주었다

그림자

눈물에 젖은 유월은
꽃다운 젊음 멍들게 하고
파란만장한 삶이 먹먹하다

전사우편 전해 받고
세상을 포기하고 싶었지만
백일 된 딸아이의 눈망울이 막았다

남편 잃은 서러움 안고
총성이 천지를 진동하는 잿더미에 앉아
배고픔에 울고 무서움에 떨었다

딸아이와 살아남으려고
뒤돌아볼 틈 없이
억척스럽게 사느라 애늙은이가 되었다

숨 돌릴 틈 없는 피난살이
그림자처럼 따라다니면서

숨통 조르는 그리움 억누르며
고스란히 청춘을 보내고 모질게 살았다

아무리 오래되어도
전쟁이 할퀸 상처
어제의 일처럼 생생하다

선배언니가 부럽다

보릿고개 서럽던 시절
남들은 피아노 친다고 부러워하지만
펼쳐보지 못한 꿈
자신에게 쏟아부어 감당하기 힘들었다

딸자식 피아니스트로 키우려고
숨 돌릴 틈 없이 연습시켜
눈이 침침하고
손가락은 굳은살 박일 정도이다
못 말리는 엄마 욕심 때문에
골병들겠다며 긴 한숨 뿜어낸다

뒷바라지가 유별나
야속스럽기도 하지만
길 열어주려고 애쓰는 엄마 위해
꼭 이루고 싶었다

눈에는 야망이 가득
이바노비치의 '다뉴브강의 잔물결'
피아노 치면서 노래 부르던
선배언니가 부럽다

젊은 연인처럼

사십여 년 몸담았던
공직생활 마친 후
젊은 연인처럼 오붓하게
부부가 함께 여행 다니며
풍경 담아오는 재미로 살아가는 남편

산길 오를 때 손잡고
이야기 나눌 수 있는 동행 있어
느린 행복 맛보며
마음의 여유로움
가족사랑 더욱 깊다

설레는 마음 안고
아낌없이 주는
자연의 향기 마시며
호젓한 오솔길 걸으면서
풍요롭고 다복했던 날의 기억
안개처럼 피어오른다

국화꽃 향기

갑자기 쓰러진 어머니
종합병원 중환자실에 누워
정정하던 한 생을 지우려 한다
창백한 얼굴 고통으로 일그러진다
다시 돌아올 수 없는 먼 길 떠나려 한다
고운 얼굴에 식은 땀 흐르고
가쁜 숨 쉬며 눈물을 보인다

혹시나 하고 기적이 일어나길 바라며
어머니의 시간이 길어지길 기도하지만
해삼처럼 늘어진 몸 어쩌지 못한다
산소 호흡기에 의지한 채
삶과 죽음의 경계선 넘나들어
가슴이 미어진다

하늘이 무너지는 것 같은
숨 막히는 시간 눈물 속에 갔다
죽어도 보내기 싫은 어머니
국화꽃 향기 남겨 놓고 가셨다

만 원의 행복

눈치 빠른 봄
나들이 가자고 손 내밀어
만 원짜리 한 장 들고
무작정 대구 가는 기차에 몸을 실었다

오랜 세월의 흔적 남은 대구 근대문화골목
봄과 손잡고 둘러본다
청라언덕 위의 선교사주택 계산성당
3·1운동길 만나게 해준다
이상화 시인 살던 집
툇마루가 자리 내주어 숨을 돌리고
'빼앗긴 들에도 봄은 오는가' 가슴에 담는다
전통문화 체험할 수 있는 구암서원
조상들 발자취가 남아있는 문화유적지
옛 정취가 묻어있다

경로우대여서 만 원으로
봄과 데이트한 행복한 하루였다

설봉농장

직지사 불교대학
이학년 도반들 야외수업을 갔다
전원생활하기 위해
부부가 만든 그림 같은 설봉농장
육천여 평 넓은 농장의 생명들
주인 잘 만났다고 환하게 웃는다

아기 은행 품은
은행나무 숲속에서 옹알이 소리 들려온다
주저리주저리 매달린 포도송이
이육사 '청포도'가 떠오르는 계절
설봉풍경에 놀란 구름
생명들 품속에 뒹굴고 있다

농장 지키는 돌탑
다래나무 어우러진 쉼터
스님과 명상하는 도반들을
나리 수국 코스모스가 부러워하는 눈치다

불일암

텅 빈 암자의
스님 사랑 독차지한 후박나무
누가 이 산중을 다독여주겠는가
눈물 흘리며 중얼거린다

산까치가 찾아와
이제 그만 슬퍼하라고 위로해준다

비에 젖은 대숲 오솔길은
불일암 찾아가는 사람들의
발자국 낙관이 가득 찍혀있다

큰스님 이제는 만나 뵐 수 없지만
우리들 곁에 향기로 머문다

간월암

서해바다에 떠있는 암자
달을 보고 깨달음을 얻었다는
무학대사의 기도처

썰물 때는 길을 열어
간월암에 이르게 해준다
바닷물이 몰려들면
섬 속의 아담한 암자
배를 타고 가야 한다

바닷물이 드나들면서
변하는 뜻밖의 풍경에
놀란 갈매기의 딸꾹질 멈추지 않는다

간절한 염원으로 만든
아기 돌탑 해풍에 떨고 있다

바닷물 속으로
파고들어 가는 노을 구경하라고
갈매기가 잡아당긴다

대왕바위

바다의 거친 숨결이
배어있는 대왕바위
파도에 할퀸 가슴 드러낸 채
수평선 향하고 있다

바위틈 비집고 뿌리 내린
소나무 부부 바닷바람 마시며
끈질긴 생명력 자랑한다

새롭게 난 해안도로
솔숲공원 풍경
눈길을 사로잡는다

성질난 파도 훌쩍이며
하얀 거품 토해내면서
바다의 짭짤함을 던져주고
바람은 놀란 듯 달아난다

동백섬

해운대 동백섬
가족이 함께 찾아갔다
해변으로 들어서자
소리치면서 좋아한다
환상적인 풍경을
사진으로 담기에 바쁘다

초등학생인
상빈이와 지연이
북적이는 사람들 틈에서
누리마루와 인어상
하얀 등대를 보면서 재미있어한다

조각품 같은 바위에
바다의 흔적을 붙이고
파도를 맞이하는 모습에 신기해한다

동백꽃을 못 봐서 아쉽지만
파도가 개운하게 가슴을 씻어준다

가을 풍경

가을빛 머무는 숲속
고슴도치 닮은 밤송이
입이 벌어진다

알밤들은
높은 나무에서
겁도 없이 뛰어내린다
우리는 다람쥐와 같이 바빠진다

알밤 출산한 밤송이
가을 햇살 끌어당기어
몸조리하고 있다

겨울 산행

고즈넉한 산사에서
법회를 마치고 나온 도반들
앞산이 주는 눈꽃에 이끌려
산행을 하자며 부추긴다

겨울 산행을 즐기는 도반들
염불을 하면서 산을 오르자
골짝마다 예술의 향기 품고 있어
감탄을 자아낸다

눈 속의 생명들
숨바꼭질하는 모습 보면서
정상에 오른 성취감도 맛보고
눈썰매의 즐거움이 긴 여운을 준다

잠자는 겨울을 깨우는 비가
봄의 문턱을 넘는다

해맞이

홍련암에서
철야기도를 마친 도반들
찬바람에 옷깃을 여미며
동해바다를 안고
해가 솟아오르기를 기다린다

바다가 해를 낳느라
산고의 아픔을 겪으면서
애를 태우더니
오랜 진통 끝에
수평선에 해산한다

해맞이 나온 사람들
합장하면서 새해의 희망과
간절한 소망을 담는다

그림 같은 해의 산실 풍경
감동과 설렘으로
첫새벽을 맞이한다

봄

계절 중에서
가장 먼저인 봄은
자연이 주는 선물 구경시킨다

푸른 잎과
꽃으로 물들어 가는
산과 들은 전시장 같다

버들강아지 기지개 켜고
얼음 녹은 도랑물
도란도란 이야기를 나눈다

쑥 달래 냉이 캐는
할머니의 아픈 사연 풀어내는 소리
들녘에 흐른다

가는 봄이 아쉬워
슬픔에 젖은 풀꽃
가지 말라고 애원한다

봄비

봄바람에 깨어난 생명들
목 적셔 주려 비 자주 온다
부지런한 꽃은 피었지만
피지 못하는 꽃 있을라 걱정이다

소리 없이 온 봄비
밤새도록 꽃잎을 두들겨
멍든 자국 선명하다
야무지게 입 다문 채 떨어져
땅바닥이 어지럽다

얼마나 두들겨 맞았는지
옆의 꽃과
속상한 이야기 나눈다

바람은 젖은 몸 말려 주며
애틋하게 안아준다

투박한 수다

무궁화호 열차 안에서
경상도의 투박한 말로
수다를 떠는 아줌마들
곱게 세월 보낸
교양 있어 보이는 서울아줌마
조용히 해주셨으면 좋겠어요
뭐카노, 이 칸 전세 냈나
우리도 돈 주고 탔다
고상 떨려면 특실에 가지
억수로 잘난 체한데이
모처럼 친구 만나 이바구 좀 하는데
그것도 좀 못 봐주고 그 카나
우린 무식해서 이게 딱 맞다
기차 화통 삶아먹는 소리를 하니
무슨 말인지 못 알아듣는 서울아줌마
구겨진 자존심 억누르느라
차창 밖 풍경만 바라본다

태풍

전국을 한꺼번에 삼키려고
안달이다

장대비로 두드리고
세찬 바람으로 온몸을 휘감아
덩치 큰 나무도 꼼짝 못 한다

닥치는 대로
쓸어버리고 날려 보내면서
행패를 부린다

비와 바람이 어울려 다니면서
처참하게 만들어 놓고
긴장 속으로 몰아넣는다

태풍이 지나간 곳은
피해가 커서 안쓰럽다며
햇살이 달래서 보낸다

구름

속마음 털어놓으며
수다를 떨고 싶을 때
친구처럼 찾아왔다

떨쳐버리기 힘든 근심걱정
유유자적하는 구름에게 던져놓고
한가롭게 즐겨본다

바다 같은 하늘에
밀려든 구름
온몸으로 그림 그리는 소리
여심을 달래주는 밀어로 들린다

공중 높이 걸린 그림
구경하는 것도 소소한 재미
마음속 구름 몰아내 준다

노을에 물든 구름
아픈 상처 싸매준다

바람은

부르지 않아도 달려와
불편하게 할 때 있는 바람
당할 수가 없다

파도처럼 춤을 추는 머릿결
깃발처럼 펄럭이는 옷자락으로
작품을 만들면서 순간을 즐긴다

바람은 표정도 만들고
그림을 그리면서
추억까지 만들어 준다

목화

장롱 속에서 잠자는 무명베
옷 정리할 때마다
어머니의 숨결 느껴진다

베틀의 바디 소리
새벽을 깨우던
그 시절 여인네들
인고의 세월 보냈다

무명옷은 여인들의 삶의 흔적
가난과 추위에 떨고 있을 때
입혀주고 덮어 주면서
정성 다해 보살펴주던 목화
화학섬유에 떠밀려 사라졌다

허기 채워주던 달콤한 다래 속살
향수에 젖게 한다

엉겅퀴

언덕 위의 엉겅퀴
버릴 것이 없다

연한 순이 필요하면
밥상에서 봄 향기 전해주고
뿌리가 필요하면 약이 되어준다

베푸는 삶을 사는 작은 생명
몸에는 손을 대지 말고
갖고 싶으면 향기만 가져가라며
파수병처럼 둘러싼 날카로운 가시가 지켜준다

나비와 벌들의
엉겅퀴 꽃 찾는 소리
들리는 것 같다

궁남지 국화축제

가을이 손을 내밀어
궁남지에 옮겨진 국화
다양한 주제와
상상을 뛰어넘은 국화축제 펼쳐졌다

축제장에 선보인 작품들
설렘을 주체할 수 없게 하고
향기는 궁남지를 취하게 한다
걸작품으로 거듭난 국화
놀란 벌들이 감탄사를 연발한다

꽃물결 고운 국화바다에서
서정주 시인의 시를 가슴에 채운다

예술이 흐르는 작품세상
걸어가는 길목마다
수놓은 국화 환상적이다

난함산의 하얀 집

도시의 번잡스러움에서 벗어난
언덕 위의 하얀 집
남함산에 안겨 있다

자신을 위로하고
남을 배려하는 마음이
느껴지는 사람
'인형의 집' 로라처럼
자기가 좋아하는 것
즐기면서 살아온 흔적
이곳저곳에 남아 있다

헤벌쭉 웃으면서
악기와 어우러진 음악으로
가슴 적시게 해주어
여운이 사라지지 않는다

겨울을 보내는 봄비
집을 맴돌며 흥얼거린다

골목풍경

흔적 없이 사라진 양동 판자촌
철저하게 가난하던 시절
당장 한 끼가 아쉽고
배고픔이 추위보다 참기 힘든 때였다

서릿발처럼 모진 세상살이
하루 벌어 하루를 먹고 사는 사람들
눈 내리는 겨울밤
"메밀묵 사려~"
"망개떡 찹쌀떡 사려~"
서럽게 외치던 삶의 목소리
가슴이 아려온다

두부는 딸랑딸랑
나무토막 탁탁 두드리며
야경 도는 아저씨 뒤따라온 밤손님
남대문시장 물건 기다리는 지게꾼
양동 골목 풍경 아슬아슬하다

누른 국수

누구에게나
유년 시절 잊을 수 없는 음식
하나쯤 간직하고 있겠지

깊은 주름 속에서도
엄마 냄새가 나는
누른 국수가 떠오른다

자식 입에 들어가는 재미에
더운 줄도 모르고 만들던
어머니의 사랑 녹아 있는 누른 국수

양푼에 가득 담아
국수 가락 끌어 올리면서
마음속에 응어리진 물집
툭툭 털어 놓을
누른 국수
사이다처럼 속을 뻥 뚫어준다

국시꼬랑데이

간식거리가 귀하던 시절
칼국수 만드는 날이 기다려졌다
가만히 있어도 땀이 줄줄 흐르는 여름날
국시꼬랑데이 얻어먹을 욕심에
어머니 따라다니며 보챘다
밀반죽 덩어리 홍두깨로 밀면
국시꼬랑데이 크게 남겨달라고 떼를 썼다
짚불에 구워 한 번 먹어보면
자꾸 먹고 싶어진다고
좋아하시던 할머니의 모습이 눈에 아른거린다

고것쯤은

집안일 중
연탄불 갈아주는 것은 할아버지 차지였다
가끔 유세쿨 부리기는 해도
고마운 마음에
할머니가 할아버지 몰래 갈아 봤다
"오늘은 내가 불 갈았니더"
"응, 할 수 있었는가?"
"고것쯤은 나도 할 줄 아니더
 불 갈았는 지 오래됐는데 방이 차니껴?"
할아버지는 옷을 입고 나오더니
"빨리 나와 봐"
큰소리친다
"왜 그러니껴?"
화들짝 놀란 할머니 멀뚱멀뚱 할아버지만 본다
"아이고 맙소사 이게 뭐꼬?
 연탄구멍 다 막아놓았으니 원,
 이래놓고 큰소리치고
 방 차다고 구시렁거리나

암만 연탄불 안 갈아 봐도 그걸 모르나
할멈은 잘 하는 게 뭐 있나?
내사마 참말로 걱정이다
세상 살다 별꼬라지 다 봤데이"

소녀의 기도

기도하는 소녀 조각품
순수함이 가득한 얼굴은
찌든 세월의 흔적이 역력하다

봉긋한 가슴
두 손으로 가리고
무릎 꿇은 채
아낌없이 주는 자연의 향기 마신다

혹독한 추위
성난 짐승처럼 울어대는
눈비 바람 속에서도
꼼짝 않고
이어가는 소녀의 간절한 기도

새 한 마리 오도카니 앉아
꼭꼭 숨겨 둔
무슨 애절한 사연 있느냐 물어본다

나무숲 비집고 날아온 솔바람
소녀의 몸 만져보고 놀란 듯 달아난다

한려수도

올망졸망한 섬을 펼쳐놓고
구경시키는 한려수도

유람선 타고
갈매기와 즐기면서
절경을 구경하는 재미에
흐르는 시간이 야속하다

바다 가슴에
구름을 빨래처럼 널어놓고
주변을 맴도는 봄바람

예술의 향기 풍기는
조각품 같은 바위가
진달래를 안고 있다

전시장 같은 바다가
해를 힘들게 삼키면서
수채화를 그린다

가을비

줄기차게 퍼붓다가
질금거리기도 해서
날마다 빗소리에 흠뻑 젖는다

숲을 감싸 안은
엷은 안개구름
산허리 휘감은 풍경
마음 달뜨게 한다

비구름은 황악산으로 몰려가
계곡 타고 흘러내려
직지천으로 뛰어든다

거친 숨결 몰아쉬며
감천수와 만나
미끄러지듯 강으로 내달린다

가을이 온다

코스모스와
갈대 앞세우고
가을이 온다

나뭇잎 빛깔로
제 모습 드러내면서
낯을 붉힌다

산등성이 타고 내려오는
단풍 표정이
어제와 사뭇 다르다

가을 품에 안긴
아기단풍
쑥스러워 한다

노란 은행잎이 나서
가을 분위기를 더해준다

5

복수초

칠갑산 넓은 품에 안긴 장곡사
성지순례 마치고 돌아오는 길에
야생화 집에 들렀다

눈밭 뚫고 올라온
성미 급한 복수초
신비로움 전해주며
생명력 강하다고 자랑한다

둥글게 모여앉아
첫눈에 반한 사람 놓아주지 않는다
야생화 집의 복수초
서로 차지하겠다고 안달이다

봄맞이꽃

발아래 펼쳐진
풀꽃 세상의
봄맞이꽃
누가 알아주지 않아도
다소곳이 피어
벌과 나비에게 손짓한다

바람 타고 놀면서
꽃등을 밀어낼까 봐
두려움에 떨 때도 있다

점찍으며 찾아와
아쉬움 남기고 가는
봄맞이꽃

민들레

반겨주는 민들레 따라
산책길 걸어본다

배냇짓하는
아가의 얼굴 같은 웃는 모습이
사랑스러워
쉽게 눈을 뗄 수가 없다

물감처럼 번지는 민들레
삽화처럼 박혀있다

사람 발에 밟힐까 봐
불안해하는 모습이 가엾다

흰머리 흩날리면서
어디론가 떠날 채비를 한다며
스치는 바람이 귀뜸해 준다

제비꽃

겨울 난 풀밭에
기별도 없이 찾아와
봄을 봄답게 돕는 제비꽃
향기 띄운다

연보랏빛 꽃잎에
맺힌 이슬 반겨
아침 햇살 목 축인다

작은 들꽃이지만
많은 이가 찾아와
깔깔거리며 좋아하는 모습에
키 큰 꽃 부럽지 않다

목련

털옷으로
똘똘 뭉쳐서 꽃눈 뜬 목련
굳게 입 다문 채
봄을 맞는다

끈질긴 생명력으로
봉오리 만드느라 분주하다
따뜻한 햇볕의 묘한 숨결에
옷깃 여민 목련
가슴 살짝 내보인다

햇빛과 목련이 주고받는 눈빛에
정이 가득하더니
구름꽃처럼 피어올라
행인들의 마음 활짝 펴준다

벚꽃

봄을 뿜어내면서
인기 누리는 벚꽃
눈길을 사로잡는다

힘 다해 피워낸
속살 같은 꽃 보이기 바쁘게
이별 준비하는 모습이
안타깝다며 보듬어주는 벌들

봄을 밟고
훌쩍 떠나면서
허공을 두드리는 꽃잎
가슴 싸하다

짧은 만남이었지만
즐거웠다며
봄바람이 바쁘다

돌나물 꽃

뒤돌아서는 법 없이
앞으로만 나가며 피는 돌나물 꽃

일어나지 못하고
누워서 피운 꽃이
별이 되었다며
벌들이 감탄한다

언덕 위에 흩어져 있는
노란별이 눈부시다며
달아나는 봄바람

낮잠을 자는지
구름이 찾아와서 깨워도
일어날 줄 모른다

풀밭에 편안하게 누워서
하늘과 구름을 구경하고 있으니
부러울 게 없는 돌나물 꽃

찔레꽃

개울가 찔레꽃
향기에 젖어있다

떨떠름하면서
달짝지근한
찔레순 꺾어 먹던 생각이 난다

간간이 울던
뻐꾸기 간데없고
허기진 한숨만 기억난다

찔레꽃한테 마음 준 바람
살포시 안아본다

가난에 찌든 옛 기억
구름에 실어 보낸다

베고니아 꽃

여리게 보이지만
강인한 생명력이 있다
관상용으로도 인기가 높다

화분에 뿌리 내려
사계절 웃음 건네주면서
속마음 주름살 펴주는 베고니아 꽃

베란다에서 지내느라
벌과 나비 구경할 수 없어
애처롭게 보인다

열린 공간에 있으면 좋았을 텐데
어쩌다 같이 있게 되었는지
오래도록 짠하다

접시꽃

함박웃음으로
사랑짓하는 접시꽃

층층이 자식 품고
지친 몸 가눌 길 없어
돌담에 기댄 모습
피곤함이 묻어 있다

뒤틀어진 허리
남루한 모습으로
풀죽어 지내며 고개 떨군다

안쓰러움에
쓰다듬어 주고
토닥이며 달래주던 산들바람
횡하니 달아난다

봉숭아꽃

산책 갔던 남편이
한 움큼 쥐고 온 봉숭아꽃
옛 생각 불러 온다

엄마 그리움 남아 있는 꽃송이
행복의 씨앗 되어
가깝게 묶어준다

여름철 연례행사처럼
엄마가 손톱에 꽃물 들여주면
첫눈을 기다리던
소녀 시절의 기억이
새록새록 피어난다

노년에는 남편의 사랑이
손톱에 꽃물로 곱게 빛난다

노루귀꽃

카메라 둘러멘 사진작가들
낙엽 헤집고
목 뽑아 올려
하품하는 노루귀 다칠까 봐
조심스럽게 발걸음 옮긴다

봄이 어디쯤 왔는지
귀를 쫑긋 세우고 있다
산골에 홀로 있으면 외롭지
허공 채워주는 향기가 찾아와
친구 되어 준다며 은근히 자랑한다

짝사랑하는 노루귀 앞에 엎드려
숨도 제대로 쉬지 못하고
아기 달래듯 달래며
사진 찍는 재미 쏠쏠하다

능소화

항악산 직지사
관음전 앞뜰
능소화 향기가
구름을 취하게 한다

부처님 보고픔에
벚나무 안고 살짝 훔쳐본 능소화
새벽 예불 나서는
스님의 장삼자락 스치는 소리에
꽃등불 밝혀 든다

떠나버린 첫사랑
가슴 한켠에 남아있어
오뉴월 땡볕도 무시한 채
하늘로 기운 뿜어 올리는
당찬 능소화

가슴 활짝 열어 놓고
반갑게 맞아 주더니
인사가 채 끝나기도 전
통째로 뚝 떨어져
선홍빛 노을에 잠든다

넝쿨장미

꽃봉오리 깨워
아파트 담장 꽃불로 타오른다

희멀건 새벽 더듬어서
이슬 올려놓은 넝쿨장미
아침 햇살 고개 내밀어
가슴을 파고든다

한낮 땡볕에도 쉬지 않고
줄기차게 꽃불 피워
오월을 뜨겁게 달군다

맑은 하늘에
비치는 제 모습 보면서
붉은 입술의 넝쿨장미
요동치는 꽃물결에 풋잠 든다

호접란 꽃

힘들게 피운 꽃
선물용으로 인기가 높다

딸아이 마음을 담은 호접란
생일날 찾아와
설렘과 기쁨을
나눌 수 있게 해준다

한껏 붉은 꽃이
집안 분위기도 바꾸어주고
하루를 밝게 열어준다

좋아하는 감정 숨기지 않고
한결같이 웃고 있다

물 한모금으로
오래도록 설렘 주는 호접란 꽃

난초

산길 오르머 보았다
가녀린 난초
기품이 배어있다

소문도 없이
홀로 꽃을 피워
품위를 지키면서
자태를 자랑한다

여린 꽃
수줍은 듯한 얼굴이
풍기는 향기를
바람이 살며시 안고 간다

수수한 모습의 난초
옛 선비의 사랑을 듬뿍 받았다지

석류

보석 같은 붉은 씨앗
톡톡 터지면서 씹는 맛 상큼하다

석류는
결혼 축하 선물로 보내는
풍습도 있었다지
자손이 번창하라고

담장 너머
가을이 붉게 익었다

배가 불러와서
낯을 붉히는 마음
알지 못했다

복주머니 같은 붉은 열매에
햇살이 몸을 뒤척인다

코스모스 꽃

소녀 시절부터 그랬다
코스모스 꽃을 보면
첫사랑 만난 가슴처럼 설렜다

그러던 것이 어쩌면 좋은가
내가 무덤덤해졌다

얼굴을 포개어 봐도
세월한테 감성 도둑맞았는지
되살아나지 않는다

영원한 안녕은 아니겠지
사랑 끝난 사이처럼
풀죽어 지낸다

코스모스 눈치챘는지
시무룩하다

몸매 만져보던 고추잠자리
왜 그러느냐, 묻는다
시간 지나면 마음의 물꼬 트일 테지
기다려 보라고 위로해준다

꽃과의 만남도 권태기가 있는가

꽃처럼

세월이 간디고
덩달아 따라가는
청춘이 야속하다

탄력 잃은 피부와
깊은 주름으로
거울 앞에 앉기가 겁이 난다

언제까지나
늙지 않을 줄 알았는데
이 길은 누구도 피해갈 수 없지

몸은 세월 따라 가지만
내 안의 나에게는
꿈과 청춘이 머물고 있어
향기 은은한 꽃처럼 살고 싶다

꽃반지

풀 향기 번지는 오솔길
가녀린 몸매에 하얀 얼굴
숲속 가득 피어올라
비눗방울 떠다니는 듯하다

바람 만난 풀잎은
나비 되어 뒤척이고
몽실한 꽃으로
꽃반지 만들어 끼고
행운을 전한다는 네 잎 클로버 찾는데

오복을 가지고 잘 살아가라고
아껴둔 다섯 잎 클로버
살며시 내미는 손 맞잡던 그날이
안개처럼 피어오른다